あざらし

水野小春

七月堂

目　次

発進する列　04
日の出　08
ハンドル　12
鯉の麩　16
横穴式石室　20
水路　24
待合室　30
立会川　32
海　36
ふうしたところで　40

打上花火 46
競技場 50
毛織物 52
満員車両 58
洗浄器 62
煙突の町 68
馬の水 72
サカノシタドラッグ 76
水のしたの駅 80
窓辺の裸婦 84
あざらし 90

発進する列

街に出た人たちと稼ぎどきのタクシーが並んでいる
街中は例年以上に忘年会の客でごったがえしていた
昨年まで皆せまい風呂場のような
場所に押し込められていたためだ
並んだ人たちは並んだ順に
並んだ順のタクシーに乗りこむ
車種も会社も金額もまちまちの
タクシーを客は選べない
列になった客を運転手は選べない
歩道のくぼみにガムを吐き捨てた中年の男を横目に

学校をやめたばかりの女の指はしきりに画面を叩いている
サイレンの音がいつのまにか大きくなる
横切る恋人たちが
ワニが人を噛んだらしい
と、話をしているのを聞く
ふだんは降らない雪が降っている
石畳の色がところどころ変わる
若者の集団がワニを殴っている
と、画面には次々
誰かの興奮が浮き上がっていく
追っ手によってみるみるうちに
浮き上がった映像は消えてしまう
順番が来て
順番が来たタクシーに乗りこむが
運転手の女が

サイレンが消えるまでは
発進できないと言う
本部からの指示だそうだ
鞄からイヤフォンを取り出して窓の外を向く
傘を持っている人は少ない
動き出した車が曲がる角で
ヘッドライトに一瞬だけ照らし出された
ワニの平たい鼻先に
細かい雪がうっすら積もっている

日の出

日の出を待ちながら爪を切っていると
後ろの戸口からお爺さんが出てくる
炒ったピーナッツをいくつも握っていて
わたしの座った防波堤に小銭をこぼすように
置いて、食べな、と言う
赤茶の薄い皮に覆われたピーナッツは
コンクリートの上でそれぞれ
動き出しそうにしていて
わたしはこわごわつまみ上げる
口に入れるとお爺さんは満足げな

足の遅い小学生のわたしへ
がんばったねと笑う
祖母と同じ顔を浮かべる
ピーナッツの焦げた苦味が
口の中をうろつきつづける
防波堤にこぼした爪を
お礼がわりとして拾い集め
ベストのポケットにつっこんで
お爺さんは何か喋りたそうに
わたしから視線をそらさない
舌を捻って掻き出すように
歯の後ろを舐める
良い天気になりそうですね
でも
いつも早起きなんですか

でも
何でもいい
わたしが何かを発すれば
ぱんぱんのポケットから
ありったけのピーナッツを
差し出すほど気分がよくなるはずだ
焼けきった皺の多い顔を
はっきり目に入れないように
わたしは水平線を見つめる
お爺さんのポケットは
ずっとうごめいていて
気が散るのを止められない
長さの揃った爪の先に
親指の腹を押し付ける
向こうで赤い線のような光が

少しずつ広がりはじめる
お爺さんは少しずつ
小さくなっていくが
笑ったまま
わたしはこみあげてくる
ピーナッツを必死に
腹に押しこめている

ハンドル

玄関の戸をあけた右手には
台所でふきそこねた湿り気が
まだついていて
わたしは慌てて両手のひらを
後ろにまわし
ズボンの尻にすりつける
水まわりの女には
悪い魂が宿りやすいと
どこかで言われて育った
訪ね人は整ったきれいな靴を履いている

戸の内側と外側では3センチほど高さが違い
わたしがかかとを踏んだ靴の底は
訪ね人より3センチほど
高いたたきについている
車、動かしていただけませんか
訪ね人はわたしの使わないことばで話す
家には今ほかに誰もいないので
免許がないのは黙ってうなずく
後ろ手に両手の指をこすり合わせて
訪ね人を見上げている
ちがう言葉がばれないよう
なるだけ短く声を発す
扉が外に開くおかげで
訪ね人とわたしの距離がつくられている
前に組まれた白い手袋の中を

目にすることはこのままないだろうが
あの手はまったく湿っていないのだ
外へ出るとき体が一瞬触れそうになる
わたしがのりこんだ車の戸を閉めても
訪ね人は玄関の前に立ったまま
こちらを向いて見ていない
かかとを押し込んだ靴の底で
アクセルを踏む
敷地から見える範囲の罪をおかす
手のひらはまた湿っている
ハンドルにも指をすりつける

鯉の麩

みずのさんフライヤー終わったらそろそろ
社員の中村さんに声をかけられて
わたしは濡れた手をペーパータオルで拭きながら
カートを取りに行く
カートで扉を押し開けて
売り場に出るときも必ず一礼しなければいけない
毎日のようにわたしを見ている人がいる
明るい電気のあたった食料品の
二割引きと三割引きのシールの上に
わたしが半額を貼っていく

だいたい同じ時間にいつも行う仕事だけれど
中村さんに言われるまで
中村さんが休みの日は別の社員の
篠田さんに言われないと
わたしが半額を貼ることはできない
買い物かごにすでに入れた食料品を
差し出してくる人には
よく顔を覚えた人も見覚えのない人もいて
何も言わない人もこれもいいですかと
尋ねる人もいてわたしは黙って半額を貼る
店内放送が端午の節句の話をしていて
水面に上がってきた鯉にわたしは
付き添いの祖母が買っておいてくれた
麩を水面に投げ込んでいく
羨ましげに指をくわえた少女は

今日もわたしの後ろに立っている
彼女のかごにはわたしのに似た
黄色い割引シールの食品ばかりが
毎日たくさん入っている
祖母とわたしが離れてから
少女が水際に来て見下ろすのを
わたしはよく見ていた
売れ残っている半額を横目に
わたしは店を出る
毎日わたしを見ている人はいないはずだ
みずのさん自炊はあまりしないの?
声をかけられてからここでは
何も買わなくなった
角を曲がった先の店で
わたしはあの少女になっている

鯉のぼりの歌が繰り返し聞こえる
シールの貼られた揚げ物も菓子パンも
わたしのかごに詰めこむと
やわらかい麩に変わってしまう
帰りつくせまい夜の水面に
顔を近づけてふやけていくのを
じっと見続けていると
いらなくなった物がやがて腐って
消えていくように生物に
かえっているのだと思えてくる
流せてしまっても水は少しずつ
淀むので映される顔も日ごとに
ふやけて水に溜っている

横穴式石室

ベルトの穴の多い耐水の腕時計を買ったのは
Nさんの墓を磨くことが仕事になったからで
この時計はわたしの右腕で九時と六時に鳴る
石鹼の石室に埋葬されるのはNさんの願いで
黄色い蜜の匂いが室内にはまだ充満していて
毎朝この匂いを嗅ぐたびに胸をなでおろして
入念に洗ったバケツに汲んできた清潔な水を
昨晩に整えたなめらかな茶色の壁に勢いよく
ぶちまけると今日のうちにと毎日念じながら
手入れした大きなデッキブラシで磨き続ける

Nさんは石鹸が腐ることを知らず死んだから
この石室が腐ってしまう前に磨ききらないと
Nさんの願いは叶わないものになってしまう
蜜の匂いはいつも豊かなときのNさんの顔を
思い出させてくれてこの壁をなめたらきっと
すばらしい幸せにつつまれていられるだろう
唾液が混じれば腐敗が早まって髪の毛ひとつ
落さぬように剃りあげた頭も毎日取りかえる
手袋も抗菌靴も全部意味がなくなってしまう
早いとここの匂いを消してしまわなければと
ブラシを動かす手を止めずに今日もいられる
Nさんと時々目が合わさるとかつてのように
口の中を磨いてやっているように感じてくる
Nさんの指もこちらへ伸びてわたしの口の中
わたしはNさんに磨かれている気がしている

六時の腕の振動が互いを口内から押し出して
わたしはすみやかにブラシを鏝に持ち替える
翌日の仕事のためにまた壁をなめらかに均す
内側から少しずつ薄くなる壁の破れる感触に
身体をとられてしまわないよう腕のベルトを
食いこませてこの部屋の外から繫がれている
人通りのあるうちに帰りの電車に乗られれば
誰にもとがめられず仕事を続けていけるので
わたしは磨きすぎぬよう気をつけているのだ

水路

住宅街に並んだ祖父母の家の前は
一方通行の狭い道路をはさんで
どぶ川が通っていた
同じ時期にたてられた住居が
ところどころ抜けて
新しい壁が引き立っている
小さな区画を何度も周回するうち
ふと越えられそうな気になって
自転車ごと落ちていた
小学二年生のわたしの背丈より

すこし深さがあった
ほとんど干上がっている

壁に張り付いた濃いピンクのツブの集まりが
初めて目の前にはっきりとあって
痛みより先に立ち上がって声をあげる
鼓膜をひっかくような
叫びが
かえってきた
わたしの腰あたりの高さから
巻貝が畳みかけるのだった
数ん多くて
強かて言われたっちゃね
母親と聞くと今でも、
こっちゃぜんぶ体から

ひりだしとっとばい
その鑢のような声と砂利混じりの
ひじの傷口が浮かんでくる
酒ば一つ飲ましてはいよ
お詫びを申し出たわたしへ
巻貝は言う

おやつ代に二百円くれる
祖父に隠れて缶ビールを買いに行った
じいちゃん今日はめずらしくビールか
品の少ないコンビニのおじさんが
いつもくれるキンカンの飴が
わたしは食べられなかった
手の甲ほどの巻貝でも口は小さく
風呂場で手桶にビールをあけ

貝をそこに入れてやった
出てきた角のうごめきと口の動きを
黙って見ているのは気まずくて、
たまご
かえったらなんばすると
なんもせん
じゃ
これからなんすると
べつになんもせん
うちでかおっか
捨てたままの自転車を見つけた
隣のおばさんが呼び鈴を押す
鼓動のようだった口盤の収縮が一度とまった

またひろがって水面に出る

新しい大陸さん
連れてってはいよ
ピンクのツブんことば誰も何も言わん
川ばいつか見つけたら
そこさん逃がしてはいよ
気のいい話し声へ
たたきから祖母が謝っている
二階のトイレにこっそり上がって
鍵を閉めた
洗面器が一つあるからか
手桶がないのを夜になっても
祖父も祖母も何も言わなかった
湯ぶねで染みたわたしのひじに
祖母は赤チンを塗った
台所の三角コーナーから野菜の芯を

パジャマの下のお腹に隠した
階段の途中で
勢いよく滝が流れてきた
上から祖父が
自転車はほんなこて気をつけ
と言った
野菜の芯がピンクの球体に変わって
ちびちびこぼれ出てくるのを
わたしは手で必死におさえる
うっすらと苔に覆われた貝殻から
やわらかく伸びた体が
上手にサドルにまたがって
だんだんと漕ぎ離れていった

【参考】荒木精之『肥後民話集』（地平社）「タニシが酒買ひに馬にのつて行つた話」

待合室

はねるような音を合図に電光掲示板に数字がともる
大勢が期待に満ちた目で見つめる
うち一人が興奮した声をあげ
案内係に連れられていく
次は自分だと皆
数字のついた手のひらを擦り合わせる
椅子の脚が浮く感覚にわたしはとらわれる
わたしの腰かけた椅子だけ数センチ
地面から浮いているかもしれなくて
立ち上がることも

言葉を聞きとることもできないでいる
冷房の音が背後で鳴りつづけていて
噛みすたれたガムの冷たい感触を思い出した
女が天井からつり下がり落ち着いて話を連ねていて
頭の痛みがどんどん積み上がっていく
巡回の男の革手袋に突然真後ろから
肩を叩かれ息をのみふり返る
合わさった男の目の奥に線路がつづいていて
履き古された靴は今にも駆け出しそうな身体を
必死で踏みしめていると気がつく
躊躇なくわたしの腕をつかむと
手のひらを確認し乱暴に投げ捨てて
揺れるようにまた歩き出す
服の背中に染み出した
汗の臭いが遠ざかっていく

立会川

わたしたちは吐き出されるように店を出て
雨が降ってきた
歩道も車道もすでに濡れ光っていて
わたしたちが外を知らない間も
雨は降り、止んだらしい
鞄から出した傘は小さく
わたし一人と鞄さえ覆いきらない
男の髪は夜露をうけた
雑草のようにしなびていく
ひと摘みして柔らかさをたしかめる

朝がくれば男はいないかもしれないと
考えることさえわたしたちは忘れている
熱い球が降らなくなってひさしく
わたしたちは恐れることを忘れている
見えないところから遠くへ鳴く
大きな犬の声のほうへ歩いていけば
この先に知らない道が続くことを
わたしたちが気にかける必要はないのだ
男から滴った雫が緩い坂道を下って
やがて入る海に囲まれた
この土地は守られている
何度も掠っていたわたしの手をとった男の
湿った手の甲へ
頭上の錆びたサイレンの影が落ちてくる
ここに立ち続けているのは

わたしたちの生まれるずっと前のことのように
音を響き渡らせる日を
まだ待ち構えているのかもしれないのだと
わたしはふと思い出し
冷たい指に引かれて屋根の下へ入る

海

ペン先がつぶれるたびに
さらってきた
波の数をかぞえておけば
ここではさらに実ると
頑丈な歯が自慢の祖母はよく笑う
ひとつ
ふたつ、言い切らぬうちに
すぐ追いかけてくる
わからなくなった
まだとがっている先端を

イソギンチャクに吸わせて
あとからかわいそうになる
ごまかすと
しぼんだ唇がひろがって
見える白い光が
まとわりついてくる
商店に同じものは売っていない
祖父が船乗りだったと
一昨日も
母の腹の皮の外からも
同じ声がした気がする
なめると塩の味がする
青黒いインクが
ポケットで滲んで
わたしの脚の間を垂れてきた

真水とかえるため
貴重なのでこすって流す
管のすじ目をなぞってはいけないと
錆びた注意看板がかかっている

ふうしたところで

朝食のパンにのせるチーズのフィルムをはがす
流暢な手ざわりへ時おり
細くちぎれた白い断片がこびりついてくる
透明な包みはまばらに濁っている
人の尻を寝床にする虫はひっそりと数を減らして
検査のいったことさえどこかで忘れてきた

デザイナーズマンションのベランダは
寺の墓場を一望できる
ほかに高い建物はない

日当たりがいい
時どき洗濯ものを落とす

壁面の改修工事がはじまった
今はカーテンさえ開けることがかなわない
ドリルやとんかちの音が止む隙に
そっとめくってみる
警告色のシーリング注意とかかれた紙のおふだが
ガラス戸に貼りつけられていた

座椅子にもたれたからだの外でまた
歯を削るような音が鳴りだす
脳天を割らんばかりに侵攻する
部屋の内を動き回っても
打撃音を逃れることはできない

すぐそこに誰かがいる
互いに顔を知ることはない

天気にめぐまれないため
日曜の午後になっても
読経の声も入ってこない
出しっぱなしの鉢植えもたぶん
雨水を吸ってしのげているはず
マンションを囲って組まれた足場で
どちらにせよ
それ以上
遠くは見晴らせない

飛行機の窓からも外が見える
夜の便だと

あちこちへ交じり合って伸びる道や
そこをつたう車などの明かりが
黒い地面をひび入らせて
誰かの心臓の上に浮く
心地がする

帰郷先の地域は
例の虫を尻で飼っている
子どもの数が多いらしい
自分のからだから出たものに
知らないうごめきを見たときの
怖さと目の離せない艶めきは
どんな秘密よりも
沈殿する力をもっていた

クラゲが浮き上がるしかないのはすっかり
骨を抜いてしまったせいだ
肩の力さえ抜けない人を
今度会うときには
もんでやりたくなる
健康診断には行かれているだろうか
かかりつけのところにいた
看護師のお姉さんがふと見せる
噛みつきそうな表情に引きこまれていた

おからだには気をつけて
手紙を書きあげて
ずいぶん前に年賀はがきの番号が当たった
牛の絵柄の切手の使い道もなく貼ってみる
切りとられた内側に記された数が

封筒にあてられたものでなかった
慌ててはがそうと試みるが
慎重な糊づけに阻まれる
人差し指の爪が
音をたてて傷をつけるばかりで
破かないようどうやら
貼っておくしかない

打上花火

レジャーシートを忘れて
人の合間にスペースを見つけても
自分たちの場所をとり
座ることはできない
地べたに直に尻をつけることを
管理者たちは厳しく取り締まり
原因のはっきりしない菌を
撲滅することに躍起になっている
立ちっぱなしのふくらはぎに
小さい衝撃がきて

よく成長したバッタが足元に着地する
芝に紛れる鮮やかな色だ
そばに腰を下ろした女が
驚いた勢いで払って
バッタはさらに前方へとび出す
その先の男にまた払われ
行方不明になる
提げたビニールごみの捨て場がないことを
別の男が連れの女のせいであるように
罵る声が響いた
誰のものかわからないあらゆる種類の
汗の臭いが滲み一帯に漂っている
夕暮れは暗がりに変わって
強烈な光のすぐあとに
大きな音が鳴り歓声が上がる

彩られたこの空はどんな場所の
空とも連なっている
泣き叫ぶ遠くの顔が弾ける
散っていく火花は
腹の奥底の光のないところへ落ち
静かに焦げていく
明るい色のバッタは逃げて
闇へ息をひそめた後も
大きな人の騒々しさと混乱におびえ
地面を蹴り空へ跳ねあがりそうな
細い足を抑えつけて過ごす

競技場

人工芝の上を女たちが駆け回っている。よく晴れた屋外で、わたしは日焼けを気にしながらスタンドの狭い席に腰かけている。女たちの上半身はみな裸で、左胸と背中には動物の絵が刻まれている。乳房の大きな女もいれば、大きくない女もいる。芝に転がった一つの球をみな懸命に追いかける。昼食を食べたばかりのわたしは眠気を感じながら様子を眺める。女たちは懸命なあまりしばしば体と体をぶつかり合わす。意図的につきとばしたり足をかけたりすれば違反行為となるが、女たちの動きはすべて微妙に違うので審判の判断にゆだねられる。この距離からはとうてい聞こえるはずのない肌と肌のぶつかり合う音が耳の奥にずっと響いている。広い長方形の上を一つの球は行ったり来たりする。足の速い女に気がついて、それからわたしは彼女を目で追う。あのガタイのいい女は動きもいいな、とすぐ前に座っている客が言う。わたしとは違い、この客はチケットを買って席に座っている。わたしの右手はつい自分の左胸に触れている。客のシャツの背面にも芝を駆ける女の半数と同じ動物が描かれている。芝の女たちはこっそり爪を塗り固めている。審判の判断はたびたび納得いかないから、そのときは自ら気に食わない女の体をひっそり傷つけるのだ。当然審判は気づいているが給与査定とは関係ないので、知らないふりをするほうが都合がよい。客たちは指を曲げてひっかく仕草をしてみせて、今やったなと互いに顔を見合わせては楽しそうだ。足の速い女が芝の女たちの集団を抜け出しまっすぐに駆けていく。わたしは身を乗り出し、こぶしには力が入る。ふいに昨日握らされた硬貨の感触が浮かぶ。昨日と同じようにこみ上がってくる言葉を飲み水で流しこむ。前の客は缶を持ちしきりに水分をとり続けていて、シャツの背は湿り色が変わっている。

毛織物

旅先の道を歩いていると
ショーウィンドウのうしろに
色の濃い木で作られた
機織り機が置かれていて
丸く縁どられた字で
体験できます
と立てかけてあった
つられてふらふらとそちらに向かうが
さしていた白い蛍光灯の明かりと
なめらかにあいた自動ドアが

涼しげであるためだった
足と手を使って動かす
機織り機はまだ新品に見えて
入店するとすぐに寄ってきた
女の笑った顔も新品らしかった
ここではこんなに暑い日は珍しいのです
遠くから来たので
ええ、そうでしょう　手綱がこんなにも
伸びていますもの
うちのものを使ってもいいのですが、
サンプルは山ほど用意していますから
でもせっかく　ですので　ご自身のそれを
使われてみるのもいいかもしれません
女に言われるままに織り機の前の
細い椅子に腰かけた

エアコンは見当たらなかったが
風が吹きつづけている
縦の糸はあらかじめセットしてあります
横の糸は　では　お嬢さんの手綱を
奥さん　ではなく
お嬢さん　と女は呼んだ
一回踏んで　手でとんとん
いいですか　一回踏んで　手でとんとん
です
女は嬉しそうに歯を見せた
踏み込んで
ぎこちない手を下ろすと
巻き戻しの終わったビデオが
流れはじめた
船で渡ってきた

記憶を吐き出します
誰のものかわかりませんが
デッキから黒いテープがどんどん
伸びてくるのが証拠である
この地域の織物の特色が
話されはじめてようやく
家を出た日のシーツについた犬の
毛だとわかった
女はお茶をすすめる
お茶も名産なのですか
何にもないとこです　女は答えた
飾られている織物製品も
お茶も時間が経つのにつれて
少しずつ色が変わった
ビデオもそう言った気がする

黒いテープは伸びつづけて
足もとで風に揺れた
草を抜けないので
見えない虫が鳴きはじめた
持ち帰りますか
有料ですが記念になりますから
少しだけ色の変わった女が
袋に詰めようとしたが
丁寧に断って
通ってきた道にあった美容室
あそこはやってるのですか
とける前に　どうぞ
アイスクリームのＣＭが終わると
何にもないとこです
女の新品の笑いが繰り返されて

ガラス扉の外が指さされたので
紐のとけていた運動靴を
できるだけ水平に放った

満員車両

立たされた車内で
家族に連絡を入れる
わたしたちの生活に
とても速い電車が
走るようになった
となりの国まで
毎日働きに出られる
とても速い電車に
乗りたい人は多い
自由席車両はごった返して

身うごきもとれない
座席をとり合って
トラブルが絶えないので
椅子は全部とりはずされた
それでもとても速い電車に
乗りたい人は多い
なんとかポケットから
スマホをとり出したとき
となりの男に肘をぶつけてしまい
男はまだ睨むようにわたしの
画面を覗き込んでくる
となりの国との境目で
大きな争いが起こって
線路は通行止め
となりのとなりからも

さらに遠くからも
となりの国に行きたい人が
多すぎるのだ
電車が止まって
ただでさえ乗客は
いらついている
男を尻目に
遅くなりそう
待たなくてもいいよ
と送信する

洗浄器

資料館に全身を運ぶ、
自動洗浄に慣れ過ぎた女たちの忘れものの残り香が
沁みる垂れ落ちたまぶたをいちいち突きつけられるので
広い鏡は近いうちにペンキで潰してしまう、
テロが起こる

蛇口を閉じるたびに
菌を付け、また受けとっていく、習わしはすでに
伝承の中のお話としてしか知られない

身体に負担をかけるので何も捻らなくなって久しい
まず動作が消え、次に言葉、機能
象形文字を見るように、念、の形は処理される

もう故事の事故
機械が失敗するのは人間と同じで都市伝説だ
自己と孤児、なんて死語を並べた題の本が
ベストセラーになって、
ひとり、って哲学用語が流行している
パセリのひとり、
千切ったらひとりか、
擂ってもひとりか、
水のひとり、
火のひとり、
味のひとり、

皮膚のひとり、

気が病んでいたのか
病の気がしていたのか
学者の間で結論はまだ出ていない
大人、子供の分類は差別なので
（信じがたいことだが前時代の運動の成果でようやくそうなったらしい）
脳波で認識できていれば
選挙権が贈呈されるが、欲しがっているのではない

足よりも手先を鍛えろ
親の世代の教育に関する方針
昔から手先がいればアッシーなんておらずともこと足りる
とは一世を風靡した芸人で、
（人を笑わせれば芸だった時代があったのだ）

鳥類さまの名前を冠した者が言ったことらしい
当選すれば名前が付与されると謳って
候補者集めに必死だが
個人的なものに誰も興味がない
生活は物々、もしくは情報交換で成り立っている
美しいカマキリに卵を産ませて
爪のすき間に詰めるファッションが
孫の周囲で盛んのようだ
出産と体内受精の復活を目論む信仰団体が
いずれほかの穴にも詰めさせて
優れた命をたくさん産ませるのだと
まことしやかに噂されている

政府の研究所の発表で
精通、初潮を経験していない二十歳以上が

半数を越え、人間は確実に進化している、
これも睾丸を切除し膣に栓をしてきた、
先祖たちの苦労の功績だと、顔をほころばせて
信任投票を世襲してきた、
ウノカサヤ三世頭相は語っていた

国家の制度はとうの過去に廃止され
言語による手段は制限が多いので淘汰され
脳波を読みとる機械を使った意思疎通で
全体の会議は行われるが
近年は地方分権が進んでいる
古代らしい紙の資料から判読された語句をとって
便宜的にマツリと呼ばれるようになったこの地域は
四季のあるのが魅力だとしばしば述べられる

食べる、寝る、歌う、
人間の歌う作用によりかろうじて言葉は
日常から外れた位置で蝋燭の火のように灯りつづけ
ひょんなことでときどき流行する
自然由来が再評価されて
羊糞の中の草を煎じた粉を吸ったり、
骨董品や美術品を楽しんだりするのと同等に
言語を嗜む者も今は少なくない

資料館の清涼室には、はからいで
当時のを模した手動洗浄器が設置されている
取っ手に手を伸ばして掴み、捻る
残したままになっていたものが水の勢いにのって
流れ、ここを去り、またどこかへ

煙突の町

おんせん
と呼んでいる風呂屋は
近ごろ長く閉まっている
町中から集まったごみを
燃やして沸かす風呂に
町中の人は集まって
集めてきたうわさ話で
たのしく体をあたためる
駐車場にくさりがされた
おんせんが沸かなくなっても

決まった曜日に
ごみを出しつづける
赤白が交互に塗られた
高い煙突はお隣に
太い煙突がたって
ずいぶん前から
息をしていない
とう、ざい、なん、ぼく、
ひがしにみえるは
あかしろえんとつ
あかがてっぺん
うれしいな
小学校の運動会で
太鼓に合わせて
赤組の応援団がうたうのが

今も聞こえてきた
白いけむりが煙突の上にのぼった
その音も壁の中の炎の音も
聞こえてくると思った
選挙が終わって
この家は
北地区になった
煙突とおんせんも
北地区になった
きたにみえるは
あの
山だった
はずだが別のところに
もういなくなってしまって
名前もなにも

わからないのだった
あの山の上からは
こちらの町がよく見渡せる
からだときいた
歩いてなら難なく
立ち入れる駐車場と
小さな広場で拾っているのも
よく見られているだろう
おんせんの建物から
男が一人出てきて
かくれる間もなく
顔をそらすが
男は一人きりであるように
通り過ぎ、シャツを脱ぐと
広場をゆったり走り始めた

馬の水

円形になっている村です
生活のために
生きものを飼い
牛の水
魚の水
馬の水
とそれぞれ分かれています
人の水はありません
きれいであれば
使ってよいそうです

馬の水あたりで
よく遊んでいる子供を
一人、目にしますが
注意するものは誰もいない
わたしはあれがしきりに聞かされた
声をかけてはいけない
子供だと知っている
窓を持つ家はないが
雨の水の恐ろしさを
ここでは語ってはならない
教えられたわけではないが
気づけばそう信じている
空にはいつも祈るものです
寝小便のなおらないあの子は
何も履かずに枝で蛙をつついている

布団に光を当てることも
許されていない家なので
仕方なく近所を通るときは
いつもにおいがわき出している
あの家に比べたら
太陽を黄色く反射する
馬の水はずっと澄んでいる

サカノシタドラッグ

自動扉の開閉の音が後ろで
繰り返し鳴りぬるい空気が入ってくる
疑い
というわたしの文字を指さしながら
女は顔をしかめる
名前を口に出さないよう注意して
疑い
ということですとなんともいえないのですけど
もしこのご病気ということになりますと
先生の処方なさったおくすりは

使えないのです
目の前にかがんだ彼女以外の
三人の薬剤師は
音を立ててパソコンのキーを叩き
わたしに興味を向けることなくせわしなくしている
女は考えこんで
もしお時間をいただけるのなら
先生に問い合わせてそれから
ご用意してもよろしいですか
必要なものは全て
売っていますから
待つ間買いものを
済ませておきます
席から立ち上がり
女が二、三分先の

小さな医院の女の
医師へ宛てて流す
ＦＡＸとは反対の
方角へわたしは
流れはじめる
化粧品も卵パックもシャンプーも脱臭剤も
診察台の上で天井へ腹をむけて横たわるわたしと同じかっこうで
浮かぶ
化粧品も卵パックもシャンプーも脱臭剤も
いつの間にか蓋があき
流れこんだ空洞のなかでまざり合う
からだのなかの空間にがらくたみたいな
疑い
のなぐり書きがいくつもなだれこむ
三人の薬剤師が向こう岸で

良いことと悪いことを並べては
ひっくり返したり
耳打ちで頷きあったり
誰かを呼び出したりして
腹をだしたわたしの
味をたしかめる生きものが
近づいてくるのは話題にあげない
からだから流れ出しているせいで
いつの間にか水かさが増し
天井が目の前まできている

水のしたの駅

池を取り囲んで
たまを運ぶ順番について話し合う
淀んだ水中の小さな階段を
ひとりずつ降りていく
静かな駅前の売店につづいていて
店番の女性、いないときは男性に
笑った顔を売ってもらい
抱えたたまがゆっくりとあたたまる
円になった者たちは顔を見合わせて
いつからか家族と呼ばれている

いちばん年少の子供は池の浅瀬に
指をつっこんで泥をいじり
汚れた爪であちこちを掻きむしるので
顔にも衣服にも黴が繁殖してしまった
水面に映っていた空を思い出して
そろそろ雨が降ると店番に話すと
そんなの間違っていると
急に大きな声を出されて
構内の明るい店のほうからパンの焼ける
においがただよってくる
逃げるように並んだ路面電車の停留場で
みかんを剥くようにたまの皮を一枚剥ぐと
窓に映る顔はもう母ではなかったので
ゴム製でない靴に買い替えたくなって
反対口からバスに乗るため

発車間際の電車を慌てて降りる
座席に置かれたままのたまは
発進時の揺れで床へ転がり
泡をふきながらもとの池に沈んでいく

窓辺の裸婦

窓枠に背を向けて腰かけた女
であるわたしの目の前にも
また枠がある
窓枠、女を挟み、また枠
窓枠の奥には歩道が通る
わたしはさび色のせまい歩道を
眺めて来る人を待つ

一人だけ老婆がいつも縁石に
腰掛けて何か椀の汁物を売っている

売り文句はここまで聞こえない
待っていた男が来て
また枠のほうに体を向けたわたしには
窓枠の奥の道は見えていないが
すでに目に映したものは知っている
窓はわたしのであるらしい女の顔を映し
透けたその奥に道や老婆を見せる

また枠の奥で
男が一人でスケッチをする
また枠の奥では
あなた方も生活をしているだろう
わたしを眺めたりしているだろう
わたしより大きな男が座っているから
また枠の奥の男よりも奥を

わたしは目に映すことができない
あなた方のほうから
男は透けているらしい
また枠のほうを向いた女は
また枠の奥でわたしが手渡された
試し刷りの絵を知らない
灯りのない背景でも
女の目に光を浮かばせる
また枠の奥の男が作る絵
枠の外から差し込むのではなく
灯りをおとしてみれば
ぼんやり浮き上がるときの光

耳を澄ませ
また枠の奥の男が示す

光の形を捕らえるには
暗がりで耳を澄ますこと

銅板を薄く削りとるような音で
掘られた暗がりに浮かび上がる
服を着たわたしの腹は
絵の通りにたるんでいるのだ
乳房の位置や形がちがうのは
枠と枠の間に
男の透けない思考が
挟まっているせい
耳を澄まして
男の言葉の通りに
捕らえようとする
澄ませば

聞きとれる言葉は
やはり光である
枠とまた枠の間にただよう言葉
枠とまた枠の間に刻まれたわたしは
目に映せないものを知らないが
知らない世界に残されつづける
言葉と同じようだ
わたしは目の前の男が外国へ出て
その先二度と帰らないことを知らない
その先に起こる戦争のことも
わたしを捕らえうるあなた方の姿も知らない

スケッチの男に目を向けたまま
わたしは耳を澄ます
窓枠の奥の老婆の姿が浮かんでいる

老婆の声はまた枠の奥のわたしである女に届く
この町にせっかく来たからにゃ
あたたかい麺でも食べていかんかい
さび色の狭い歩道は
この町に通っていて
また枠の前の女は腰かけている

あざらし

声んなか
あたしが
こげん
語るごた
言葉ば
使うとは
どげんこっちゃ
話しもせん
きかれもせん
こんからだで

なんかば
言おうとしよっとは
どげんこっちゃ
誰にも教わっとらん
こん土地ん言葉
誰がさだめらしたでもなか
生まれた鳥が鳴くごてして
うわった種が生えるごてして
浜さん波が届きよったり
届かんかったりするごてして
いつん間にか
ちっとずつちがって
どっかで使われんごとなる
こげん言葉で
あたしは

どがんでもなかことば考えっちから
どがんでもなかとに言えもせん
そがんこつば
こげん言葉にして
なんとつらなるっとだろか
あたしん声のとられたごてして
こげん言葉もいつかなんかに
とられてしまっとだろか

初出――「熊本日日新聞」（二〇二三年十月五日、朝刊）

インカレポエトリ叢書XXV
あざらし
二〇二四年二月一〇日　発行
著　者　水野 小春
発行者　後藤 聖子
発行所　七月堂
〒一五四―〇〇二一　東京都世田谷区豪徳寺一―二―七
電　話　〇三―六八〇四―四七八八
FAX　〇三―六八〇四―四七八七
印刷　タイヨー美術印刷
製本　あいずみ製本所

Azarashi

ISBN978-4-87944-563-6 C0092
乱丁本・落丁本はお取り替えいたします。